# 꽃송이 위로 비가 내리면

주명옥 시집

시음사
시사랑음악사랑

# 시를 요리하고 싶어 하는 시인 주명옥

시인이 한 작품을 집필하기까지는 직간접적인 경험을 기초로 한 이야기 속에서 리리시즘 "lyricism"을 더해 예술 작품으로 표현하는 노력이 필요하다. 자신이 경험한 스토리가 한 편의 시가 되기까지는 시인은 자신을 버릴 때도 있고 자신을 숨길 때도 있을 것이다. 하지만 주명옥 시인의 작품을 정독해보면 시인의 성격만큼이나 솔직하고 담백한 맛이 난다. 주명옥 시인은 한 편의 시를 쓸 때 수라상을 차리듯 자신의 모든 것을 바쳐 시를 맛보며 버무리고 지지고 볶아가면서 한 편의 작품을 완성하는 시인이다. 평생 요리만 하다 어느 날 갑자기 암(癌)이라는 선고로 병마와 전쟁을 하고 마취상태에서 깨어났을 때 그 몽롱함, 차가운 주삿바늘이 몸을 파고들 때의 느낌, 그러면서 살아 있다는 안도감이 지금의 주명옥 시인을 만들었을 것이다.

주명옥 시인의 작품에는 현대적 서정성을 내포하고 있음을 볼 수 있다. 이는 시를 쓰는 시인이나 시를 읽는 독자나 다 같이 공감성을 형성할 수 있는 소재이기 때문에 그만큼 힘든 장르이기도 하다. 하지만 주명옥 시인은 적절한 표현력으로 은유와 환유의 기법을 잘 살려가면서 문장을 이끌어가고 있다. 서정시에는 인간 그 자체의 존엄이 나타난다고 할 수 있다. 따라서 서정시는 주관적인 개성의 문학인 동시에 자신의 감정표현을 함으로써 독자들에게 대리 만족의 기쁨을 가지게 할 수 있는 장르이다. 주명옥 시인님의 "꽃송이 위로 비가 내리면"은 제목에서 주는 의문과 질문이 시적 발화가 되고 살아 있는 담론을 제시해 줄 것인지 궁금함을 유발하는 제호로 독자 앞에 섰다. 주명옥 시인의 아픈 상처와 새로운 삶으로 꿈과 희망을 꿈꾸는 진솔한 이야기를 독자와 함께 한 편의 시로 감상할 수 있어 기쁜 마음으로 추천한다.

**사단법인 창작문학예술인협의회 이사장 김락호**

## 시인의 말

상념의 공간에서 허둥대며
살아온 한 모퉁이를 돌아 나오니
어느새 풀냄새 흥건히
계절이 지나고 있습니다.

가끔은 불쑥거리며 튀어나오는
옹이투성이 하루의 생들을
모아 감정을 담은 그리움을
엮어서 아직은 미흡하지만
시를 쓰는 순간이 가장
행복함을 느끼기에
능숙한 세월 앞에 설익은
풋열매 하나 조심스럽고
수줍게 길 위로 내놓습니다.

이 한 권의 시집을 만들기까지
도와주신 대한문인협회
김락호 이사장님!
그리고 수고하신 여러분께
고마움을 갖습니다.

시인 주명옥

# ♣ 목차

# ♣ 목차

# ♣ 목차

# ♣ 목차

**QR 코드** 스마트폰으로 QR 코드를 스캔하면 시낭송을 감상할 수 있습니다.

제목 : 소녀가 되고 싶어
시낭송 : 박영애

제목 : 봄
시낭송 : 박영애

제목 : 거울 속의 나
시낭송 : 박영애

제목 : 오늘의 일기
시낭송 : 박영애

제목 : 뜨거워도 식더라
시낭송 : 박태임

제목 : 이렇게 살고 싶다
시낭송 : 박영애

제목 : 그리운 사람
시낭송 : 박순애

제목 : 자유
시낭송 : 박영애

제목 : 가을 그림자
시낭송 : 박영애

제목 : 어머니
시낭송 : 박순애

오늘이란 문을 여니

빛이 바뀌고

채색된 계절의 바탕 위에

시간이 올려집니다

# 소녀가 되고 싶어

나이가 들어도 맑은
아침을 여는
그런 꽃이고 싶습니다

이유 없는 두근거림에
두 볼 발그레 붉어지는
그런 수줍음이고 싶습니다

세월이 흐르고 또 지나도
가끔은 눈물 머금는
그런 그리움이고 싶습니다

해가 지면 별을 헤는 파란
그런 기다림이고 싶습니다

하늘 흔들어 달을 따고
세월의 향기 곱게 뿜는
그런 고운 사랑이고 싶습니다

남아 있는 날들 중에 오늘이 가장
젊은 날이기에 사랑합니다.

제목 : 소녀가 되고 싶어
시낭송 : 박영애
스마트폰으로 QR 코드를 스캔하면
시낭송을 감상할 수 있습니다.

# 오늘 하루라도

온 길 뒤돌아보니
동서남북 돌부리도 많아
아프고 힘들었지만
잘 건너온 내 삶의 가느다란 밧줄

이젠 소멸된 길보다
남아있는 한 토막이 소중하기에
잠시 잃어버린 것들을 기억해본다

금세 보일 것 같지 않을
벽면을 바라보며
살아있는 순간순간
감정에 소외됐던 마른 내 생각

오늘 하루만이라도
정직한 감정이고 싶다
돌아오지 않을 그리움들을
툭툭 털어버리고
나의 자유도 만끽하고 싶다

달무리 지는 저 언덕에
꽃이 피는 소리를 들어가며

# 날 보기요

기었으면 워찌고
뛰었으면 어떠요
어차피 난 내 자리에 있는디

아팠으면 워찌고
울던 세월이면 어떠요
세월이 약이라 안합디여

다 같은 하늘보며
사는거 아니것소
삥 둘러앉아 요케조케
가족들과 함께 함사
고거이 바로 행복이제

비우면 편타하지만
고거이 맴대로 되간디
욕심없음 사는 재미도
없을꺼구먼

12

다 기냥저냥 살아집디다
저 하늘 별도 보고
닿지 않는 달도 따가며
기냥저냥 살아집디다

싸구려 걸치면 워찌간디
사람이 야물어야제
요케 볼 수 있고 들을수 있고
웃을 수 있음 요거이 잘 사는것이여

봄도 기냥 오는게 아니잖여
오메!
환장할 바람은 왜케 분다냐

# 봄

발가벗긴 채
신음하던 자리

바람이 휘둘고 간
기억의 등마루에

허물을 벗고
심장을 풀고
새날을 꾸미는 밀어들

초침으로 파문 지는 음향에
만물이 생성하고
끝없는 시간의 공간에서

가끔은 바람 타고 기어드는
씨알 터지는 그 고운 소리

새끼 새의 나래처럼
바람꽃이 살랑거린다

제목 : 봄
시낭송 : 박영애
스마트폰으로 QR 코드를 스캔하면
시낭송을 감상할 수 있습니다.

# 바 람 꽃

그대 떠난 길 돌아다보니
내가 넘지 못할
산 하나 있었습니다

산은 저 앞에 있는데
아직은 갈 수 없는
시간이 남았습니다

바라다보는 그 산 앞엔
가슴 아린 침묵만 걸쳐있고

꽃피던 봄날 바람처럼
그대 보내고 차마
울지도 못했습니다

애써 지우려 가슴을 후벼도
못다 한 정 그대 떠난 날
그대로 남아있습니다

노을 곱게 저 산으로 넘으면
끝내 지우지 못하는
애닯은 눈물로 남아

인연이었던 끝자락
바람에 날려 보냅니다

## 초파일

햇살이 참으로 곱다
아카시아 떠다니는
저 논물 아래
산은 거꾸로 누워있고
못줄 잡는 손길들도 바빠지고

수년이 넘도록
부처님 전에 가지만
반야심경 한 줄
외울 줄 모르고
오늘은 또 무얼 소원하려나

마음 복잡한 어느 날
쌀가마니 퍼서 머리에 이고
부처님 전에 갈꺼나
부처님 미소 담아낼꺼나

# 겨울 밤

초겨울 소리들이
붐비는 이 밤
적요의 이음새는
어찌해야 되나

고요가 내 눈을
허공에 앉히니
기쁨과 슬픔의 골

풀벌레 울음이 가냘프고
싸늘한 적막이 둘러싼 울타리
야윈 달그림자 창가에 서성이면
가슴은 어쩔 수 없는 그리움이다

달빛 제집을 찾고
구름 한 웅큼 끌어안고 나면
아침을 연 맨 처음 햇살이
내 시린 몸 보듬어 주려나

# 소주 그리고 나

싸~~~~~아
내 속에 들어와
한 잔은 뜨겁게
서너 잔은 바다가 되고
그리고 다음 잔은

고상한 요조숙녀가 도고
절반의 회상과
그 절반은 용기가 되고

어느새 미소로 변하는
다짐과 용기도 잠시
수족관의 도미 한 마리
맥없는 죽임을 당한다

깨고 난 시간 위에
토하지 못한 적요가
머릿속에 빼곡히 쌓이고

거리의 소리들이
살아 움직일 때
내가 부르던 노래는
가물가물

흥청대던 구름은
별들 속에 사라지고
어제는 잊혀지고
지금은 오늘이다
어휴!!

## 달력을 바라보다

새벽부터 서그럭 거리며 불던
바람은 끝내 추위로 다가옵니다

어설프게 손 내민 가을 햇살에
잎들은 그 속에 떨어지고

계절이 지나는 자리
퇴색한 언어 하나를 꿀꺽거리며
국화꽃 순결을 이해하지도 못하면서

그림자 길어진 저 모퉁이 돌아설 때
덕지 달라붙는 노오란 은행잎

또 한 달이 빠져나가는 것을
잡지도 못하면서 누렇게
바랜 이름을 떠올리며
책갈피엔 어색한 미소를 끼워 봅니다

# 생 각

동백꽃이 붉게
세상 구경 바랄 때
허튼 꿈 수없이 뭉개고
빛바랜 세월 속의 얼굴

숨 가쁜 헐떡임조차
내 삶의 빛깔인가
바래고 닳아야
선명해지는 삶의 색깔들

희끄무레한 나는
한참을 더 닳아야 할
파랑 그리고 너울 사이

## 그대를 사랑합니다

나 그대를 사랑합니다

소유도 아닙니다
욕망도 아닙니다

가슴에 두근거리는
그대가 있기에 사랑합니다

가파른 생의 언덕에
몸 부려 놓고

어쩔 수 없는 그리움으로
생각이 머뭅니다

나 그대를 사랑합니다

달빛이 도란도란
여물어 가는 하늘도

가슴에 꼬옥 안기는
바람의 속살거림도

바둥바둥 애간장 태우는
깊어가는 이 밤도

나 그대를 사랑합니다

괜스런 미소도
그대를 사랑하고 있기 때문입니다

## 거울 속의 나

아무 생각 없는 표정 하나가
거기에 서 있습니다
내가 제일 보고픈
얼굴인지도 모르는 체

거울 속에서
허우적거리는
자신을 바라보지만
맑고 곱게 꿈을 꾸던 소녀는 없고

수 없이 부서져 나간
삶의 굴레 속에서
흩어졌던 빗살들이
소용돌이 칩니다

상처는 네 삶의
가장 치열했던 실체
감정을 거르고 걸러서
뒤돌아볼 때에

이 만큼의 세월을
함께한 시간은
자유를 추구할 수 있는
정당한 거리를 두라 하네요

어느 봄날에
욕심 사납게 끌어안았던
시간들을 밀어내며
버려야 산다는 걸 느끼며

버리고
비우고
지우며
내려놓습니다

맑은 냉기가
꽃잎에 아픔으로 내릴 때
마치 떠나기 싫은
겨울을 잡듯

삶의 인내를 보듬던 가슴에도
저 산등성이 헤집고
바람이 봄바람이
따스한 웃음으로 넘어옵니다

제목 : 거울 속의 나
시낭송 : 박영애
스마트폰으로 QR 코드를 스캔하면
시낭송을 감상할 수 있습니다.

# 오늘은 이렇게 살자

흔들어 거칠 것 없는
빛으로 채우고

서로 스미고 섞이면서
품어주며

오늘은 이렇게 살자

볕에 바래지 않고
바람에 시들지 않고

허겁지겁 허기진
배를 채우고

허욕과 허세 숨죽이며
햇볕이 고여있는
토양에 정착하자

봄날의 빛처럼
4월의 향기처럼
또르르 웃음소리 굴리고

동을 틔운 맨 처음
햇살 받으며
그냥 순리대로 이렇게

어차피 삶은
미완의 건축인 것을

## 바람 한줄기

밤이 지나고
말하지 않아도
햇살이 바람 풀어
여린 싹 틔웁니다

애꿎게 달려들던
눈보라 속에
철 지난 겨울이
떠난답니다

빛바래 녹아내린
아픔을 묻고
움찔대며 깨어나는
결 고운 새 소리에

시린 상처로
아픈 자리 향기로 피어
봄날의 여문 품에
스러집니다

## 하늘은 자유로운데

바람이 앓는 소리를 내며
어둠 속에서 허우적거리다
천천히 굴복하는 밤

고뇌하던 자들은
어지러이 널브러진
상념들을 주워 담으며
품위 있게 하루를 챙기는 밤

헛된 몽상과
현란한 주장들은
엄숙한 어둠 속에
구부러져 가고

자유로운 욕망은
표현을 억제시키며
덩그러니 놓인 시간들이
세월을 채울 때

알량한 자존심은
오만스런 미소를 남기며
난 나에게 무엇을 바랄까
하늘은 저리도 자유로운데

# 단 풍

해가 뜨고
해가 지고

잘 섞여진 바람으로
밤새 그렇게 뒤척였구나

어떤 아픔을 먹고
애태웠길래
눈물 나도록 아름다운지

구름을 타는
꿈이라도 꿀까

창밖엔 달빛이 쌓이고
득음을 끝낸 자유의 소리

노오란 은행잎
꿈속까지 따라붙는
홍시 빛의 단풍잎

갖가지 색으로
사계절이 흐르고
숨 가쁜 어깨로 이별을 만들며

# 오늘의 일기

오늘이란 문을 여니
빛이 바뀌고
채색된 계절의 바탕 위에
시간이 올려집니다

예고된 이야기처럼
봄은 문득 다가와
마른 고목 사이로
숨어든 짧은 순간의 노출

우아한 독백도
화려한 한탄도 내저으며
새 한 마리 서슴없이
퍼덕입니다

세월의 흐름도 잊은 채
당당히 유혹되고
끊임없이 반복되고
가슴 가득 채우는
분홍의 속살거림

내 것도 되지 못할 바람이
세포 저 밑둥에
나즈막히 깔립니다

제목 : 오늘의 일기
시낭송 : 박영애
스마트폰으로 QR 코드를 스캔하면
시낭송을 감상할 수 있습니다.

## 아줌마들의 수다

부르지도 않았는데
조그마한 벽돌담 옆으로
지난밤 사연들이 모여든다
늘 그랬듯이

손에서 그저 익숙해진
커피자판기가 시작을 알리며
지난 밤의 갖가지 이야기를
펼쳐 놓는다

시어머니의 잔소리
남편의 게으름
까르르 웃음 한 바가지
시간을 벗고

허리를 젖히고
관절을 주무르며
나름의 행복을 만들고
서서히 익어가는 동네의 아침은

긍정이라는 넉넉함과
웃음꽃 밝음이 어느새
곁에 앉는다

# 바닷가에 서서

하얗게
파랗게
부서지는 바닷소리

멀찌감치
물결 위엔
흔들리며 여울지는 그림자

바람도 닻을 내린
그 심연 속

먼 수평선엔
새로운 역사처럼
수억 년 세월이 머물러 살고

파도가 깎아내리고
바람이 스쳐 가도

감추어진 비밀의 가슴에서
아쉬운 언어들이 흩어진
허한 흔적들

# 참 다행입니다 (가뭄)


밤마다 하늘을 품고
기도했더니
나뭇잎 툭툭 치며
살아있는 숨결을 나릅니다

참 다행입니다

고뇌에 빠져 숨죽여 울던
거친 땅을 걷다 보니
하늘에서 부서지는
아름다운 사랑의 빗방울

참 다행입니다

비틀어진 꽃들이 피기를
단념하던 날
구원의 손길 촉촉이 꽃잎 위로
바램이 이루어집니다

참 다행입니다

흥청대던 구름 바람에 밀리어
적당하게 돌아 나오니
회색빛 도시에 감사의 언어로
숨어듭니다

어느새 파고든 여유가
참 소박한 시간입니다

참 다행입니다

# 소 리 (1)

거기도 바람이 부나요
혹시 비도 내리나요
부딪치는 빗방울 소리에
열이 오르고
그리움의 몸살
이 가을에
또 한 번 알아야 해요
가을 소리에
발갛게 태운답니다

# 소 리 (2)


봄비 같은 가을비 내리고
어둠이 짙게 드리우면
혹시나 하고 조이던 가슴
끝내 인기척은 없고
빗소리에 배어든 구슬픈 울음
풀벌레가 마당 가득히 풀어놓네요

## 벚꽃이 피었다

탄생의 신비가
우주를 감싼다
속적삼 풀어헤치고
부끄럼 타는 속뜻
알 길은 없어도
연분홍 고운 초례청의 봄바람
이 밤이 지나고 나면
꽃말 터지는 환희로
흐드러지겠지
아득한 사랑을 연모하다가
오는가 하면 가는 정
짧아서 섧다

# 여 름 밤

어수선한 구름이
현란한 한 폭의
그림을 그리면
이름 모를 풀냄새가
빈 가슴에 안기고

꾹꾹 심지를 박았던
시들었던 꿈들이 깨어나
젊었던 한 시절이
무언의 미소를 만들고

흔들어 놓았던 졸음도
달디달던 옛사랑도
배웅나온 여름밤은
술잔 위로 시간을 몰고~

나도 말할 수 있어요

밤하늘에 별들이 무성한 것은

하늘이 어두워서가 아니라

별을 헤는 사람들의

눈 때문이라고

## 인생 후반기


사랑을 가슴에 묻은 채
빈 가슴 부둥켜안고
한 생애 연극처럼
눈물짓던 상처들

얽히고설켰던 회한에
몸부림치던 육신은
속 울음 감추며 타박타박
질곡에서 벗어나

여기저기 추락하는
시간들을 끌어모으니
촉촉이 젖어드는
그리움 한 자락

끝내 잡히지 않던
세월의 굴레에서 비집고 나오니
어느새 나의 모습도
인생 2막으로 열려있었네

삶의 인고에 갇혔던 시간들은
시나브로 외로움을 비켜가며
초록의 향연에 펼쳐진 하늘엔
구름이 자유롭고

꽃잎 흔들고 가는 바람에
가만히 눈 감으니
7월을 시작한 창가에
지난날은 그저 바람에 스치는
옛 이야기였네

## 뜨거워도 식더라

불꽃 튀는 생존의
깃발이 드리우고

거주하고 있는 뜨거움의 연속은
회색빛 도시를 만들며

당황스런 열병을 앓고 있는
현실이 토색 되어가는 일상

한 줌 흙으로 누워
웃고 있는 꽃을 보며

말라 비틀어진
처연한 모습을 연상하고

욕망의 회의를 느낄 때
바람처럼 새어나가는 언어들

혼란의 사육제처럼
가끔 바람이 숨결을 날라오면

오만으로 부서질 여름은
도시 한 복판에 우뚝 서 있어도

뻐꾸기 피 토하고 목이 쉴 때쯤
꽃도 지고 달도 기울더라

 제목 : 뜨거워도 식더라
시낭송 : 박태임
스마트폰으로 QR 코드를 스캔하면
시낭송을 감상할 수 있습니다.

# 열 병

초록의 더미 위로
빛이 달리는 만큼
빌딩의 거친 숲을 안고
시간은 산등을 타고 오릅니다

뜨거운 배경은 나의 뒤편에서
간동 시키지 못하고
꽃의 표정이 바뀌어
바람의 부재를 느끼게 합니다

구름이 뒹군 자리
내 삶의 색깔로 보듬어도
붉은 하늘은 자꾸
용암처럼 흘러내리고

동공 깊숙한 곳은 그저
평범한 자연의 이치를
갈등으로 분해시키며
통통 부은 첫사랑의 꽃가슴처럼

유리창의 차가운
얼음꽃이 그립습니다

# 편 지

바람이 불어오고
그림자 일렁이면
달빛은 창문 사이로
내 방을 엿봅니다

내 사랑하는 사람에게
내 가슴 속의 사람에게
긴 편지를 쓰다 보면
다가오는 바람도 숨죽입니다

고요한 하늘
사랑글을 따라가 보니
바람도 날릴 수 없는
그리움이 배어나

스스로도 감추지 못한 채
빛바랜 추억에 젖는 밤
저 너머 가득한 구름이
급히 움직이고

난 아직 사랑해야 할
일이 남았는지
어느새 맺힌 눈물로
밤도 달도 잠도 잊고 맙니다

## 저 곳 엔

뜨거운 들풀 사이로
그리움 밟아 찾아가 보니

행여나 햇살
새어 나갈까 봐

불붙은 서편 하늘에
가을조각 하나 걸려서

땀내나는 서투른
바람에 흔들거린다

# 고향의 파도소리

고향 바다가 성큼
눈앞에 앉습니다

바람이 소금 냄새를
나르고 나면
하얀 바닷새
고향 소식을 잔해옵니다

수십번 깨어지고
부서지는 세상의 삶을
감싸 안고 철썩거리는
소리까지 따라와

내 안의 물살로
쏟아놓습니다

드러내지 않는 그 속에는
다른 은유가 있지만
알 저는 소리까지 스미고
섞어서 가슴에 안깁니다

저 고향의 바닷속에
내 아버지의 모습이 보입니다

# 악 몽

폐쇄된 꿈길에서
둔탁한 신경을 뜯으며

잡히지 않는 허구의 길을
들락거리고

희미한 웃음 한쪽에는
후줄근한 땀내를 뿌리며

발목 없는 걸음을 놓고
어딘지 모를 삼경
가운데로 허덕입니다

겹겹이 접은 사연
체온이라도 한 웅큼 잡으려

속살로 생을 건너는
성자들처럼

나즈막히 누군가의
이름을 부르며

침묵의 순간에서
혼자라는 표정으로

지쳐있는 계절을 버려두고
다 살고 난 마지막 날 같은
매서운 어둠 속에

어디로 향해야 할지도 모르면서
땅은 비틀거리며 울고 있습니다

번뇌와 정열이 뒤엉킨
험한 마음을 밟을 때

밤은 한숨 떠도는 거리 위로
안개 같은 환영을 만들며

파리해진 내 몰골 위엔
눈부신 햇살이 내리쳐 깨웁니다

# 꿈속의 옛집

바다가 내게 안기어
유년의 기억을 꺼내놓네
까만 얼굴 큰 눈 사이로
소금기에 절은 추억을 끌고

지천명의 길이
옛 집에 데려가니
정적 몇 점 둘러진
울타리 안쪽에는

뒤엉켜진 신발들이
기다리고 있었네
부엌은 입을 닫고
엄마에게 혼나던 작은방에는

일기를 쓰고 있는 밀봉된
유년의 꿈이 후줄근하게
들어 앉았네
눈에는 모래알이 서걱거리고

달빛 집안에 차면
큰방에서 들리는
울 아버지 꿈에 본 내고향이
애절하게 흐르고

흐릿한 달 그림자 멈춰 서면
어린 동생들 나를 붙들고
칭얼거리네

갈매기 끼륵끼륵
울음이 쌓이고
철썩이는 파도 소리
내 안에 물살로 넘치면
이야기 쏟아놓고 그렇게 가버리네

## 바다의 사랑

후줄근한 여름이
파도를 걷어차면
수평선 가득히
노을을 담고
마음의 섬 하나 우뚝 세웁니다

유년의 웃음들
투망으로 건지고
비릿한 소문 둥둥 띄워서
푸른 흔적이 널브러진 포구에
저물도록 앉아서
행복 한 줌 담습니다

# 진달래 피면

하늘빛 곱게 흘러
하얀 달빛 내리면

산 너머 꽃물이 들어
가슴 붉어진 사이로

계절의 무늬처럼
봄 꿈 꾸는 날

저편 한 자락
아슴한 풍경

그리움의 씨앗
또 터지네

# 생각나는 사람입니다

어쩌면
볼 수 없어 더 그리운
그대 얼굴입니다

머언 세월이 흘러도
가끔 생각나는
그대 이름입니다

그 목소리 들을 수 없고
함께 할 수 없기에
그대 그리움입니다

어쩌다
보고픈 날이면
끝내 울리고 가는
그대 첫사랑입니다

내 글이 짧아 더욱
그대 보고픈 사람입니다

# 달빛 하얀 밤

바람이
산에 걸친다

철 따라 우뚝 선 나뭇가지
잠든 산을 돌고 돌아

달빛 머무는 연잎 위에
후울 털어버린 한 줌 상념

넉넉한 마음을 열고
알몸으로 들어가 보니

잎잎마다 지천으로
피는 그리움

낮은 곳으로 숨겨둔다

# 가슴에 새긴 정

억겁의 인연이
되어야 만난다는데

돌아올 리 없는
멀어진 사연

노을이 곱게
저무는 저녁이면

처음 그 날
그 자리에 머물고

이렇게 먼 날의
이별인 줄 알았다면
옷깃도 스치지 말 것을

그리움이 몽울 거리는
빠알간 밤은 어찌하리

푸르던 날에 곱게
동행하던 이야기는
속내로 쌓이고
골이 깊은 회한이 되어

깊어서 깊어서
잴 수도 없는 한 세월

미로에 매설된
이야기 끌고
국화 한 송이 가슴에 단다

# 글

함께 나누는
외로운 순간들
나의 앞에 앉아라

난 어쩔 수 없는
홀로 있음과

거부할 수 없는
글이 있으므로

침묵
그리고 혼자 나누는
작은 말들

그 속에서
나와 함께 춤을 추자

# 불 치 병

밤새 뒤척인 날
소리 끝마다 시리던 불빛
하루가 꺾이고
어둠이 내리면
형체 없는 그 자리에
다리를 놓아
순애보 새긴 정을
못내 전하지 못하고

허공을 수없이 맴돌다
오는 애틋한 별빛
힘든 무게만큼
함부로 오는 광기
달빛 함께 젖는
그리움의 광기

## 하늘 풍경

햇살을 물고
새 한 마리 날고 있습니다
하늘이 고와 날개가
접히는가 했더니
언뜻언뜻 희고 붉게
하늘 한 자락 퍼득입니다
저 날갯짓이 아무리
가슴을 죈들 어찌합니까
아득한 높이를 그저
바라만 볼 뿐...

# 까닭

어느 시인이 말했다지요
나무가 강가에 무성한 것은
물 때문이 아니라
강 풍경이 아름답기 때문이라고

나도 말할 수 있어요
밤하늘에 별들이 무성한 것은
하늘이 어두워서가 아니라
별을 헤는 사람들의
눈 때문이라고

# 보았네

소나기 지난 자리
물방울 뚝뚝 서리는
가을 하늘 한 조각
바람 속에 시들어가는
여름을 보았네

여름 끝을 잡고 우는
매미 울음 속으로
구름 몇 장 드리운
하늘 바람은 쉴 새 없이
갈색의 향내를 훑고 ...

# 사 랑 해

늘 하고 싶은 말
　사 랑 해

언제나 듣고 싶은 말
　사 랑 해

마음 깊은 곳에 머물러
선뜻 나오지 않는 말
　사 랑 해

오늘도 이 말을 꼭
전하고 싶은데

쑥스러워서 그냥
글로 씁니다

　사 랑 해 라고

# 울 엄니

자식에 목숨 걸던
젊음을 망각한 채
핏기 잃은 그 모습
껍질만 남기셨나요

미처 헤어나지 못한
몇 가닥 근심은
지금도 자식들인가요
엄니!

백발된 그 모습
허공 속에 빨려들고
하얗게 마르는 그리움
그리고 기다림

왔다가 가는 게 이치라지만
서녘의 놀은 저리도 고운데
갈 바람에 묻어온 당신의
소리는 마른 기침 뿐

환하던 꽃웃음
세월 속에 떨어지고
몰래 간직한 가슴 속 붉은 정
목구멍 너머 자지러집니다

능선이 잠기도록
어둠이 묻히면
쏟아놓은 애증 엾어
허공에 날려지는 울 엄니 숨결

새벽녘 꿈길 같은 그리움이
정을 두지 못하는
가슴에 스며들어
울 엄니 두 볼 단풍이 푸르네요

## 아직도 여자랍니다

짧고도 긴 세월
다시금 피어날지도 모를
마치 그래야 할 것 같은
옥돌무늬 하늘에

나뭇잎에 머물지 못하는
바람처럼 등 뒤에 쌓여
세월을 지키고 섰던
사연들을 묶습니다

머문 곳은 늘
문득 스치는 먼 회상
색깔은 끈질기게 유혹하고
소리는 신경을 곤두세우지만

무엇이든 영원할 수
없다는 걸 알기에
조금씩 퍼진 마음을
달래봅니다

온갖 번뇌가 안개처럼
뽀얗게 피어날 때
서러움의 앙금들을
깊이 간직한 채

구멍 난 삶의 익숙함에 갇혀
흔들지도 못하고
세월의 기억들을
던져 버리지도 못하면서

세월이 약이라는
지나버린 유행가처럼
웃으면서 울고
울면서도 웃었던

엄마라는 명찰을 달고
숨겼던 나였기에
내 것만의 무엇도 가질 수
없었던 가슴 한복판

잊고 있었던 여자
여자였기에
모진 꿈을 심어준
잿빛 하늘을 따라

어설픈 몸짓을 하며
흐느적거리는
느티나무 가지에 저만큼
나의 성을 지탱합니다

## 무언의 대화

생각할 틈도 없이
닿으면 되는 것을
내 마음 그대로를
허용하여 가슴을 열면

마냥 쏟아지는 헤픈 웃음
속으로만
속으로만

세상 풍경 앉혀놓고
배냇짓 하는 아이처럼
그냥 웃는다
마음은 휑한 구멍투성이

무언의 언어로 만나자

## 당신은 아시나요

햇살 한 줌
가슴에 안아봅니다

지나가는 바람도
한 웅큼 잡아봅니다

마음은 꿈꾸듯
웃음을 엮고

솟아오르는
영혼의 날갯짓하며

빈틈없는 매일의
일상 속에서도

네 삶이 그대의
생각으로 포개져 있음을

내가 사는 이유가
그대라는 걸

사랑
가락마다 흐르는
감미로운 음악인 것을

## 오늘은 청춘

기쁨도 있었고
슬픔도 있었고
사랑도 있었고
이별도 있었네

이것이 바로 우리네 삶이더라

사랑아
이별아
세월아
인생아

그늘에 쉬어가며
꽃과 열매의 이야기도 해보자

얼룩덜룩한 이야기
끄집어 내도
왠지 울컥해지는
사연도 묻지 말고

노래도 부르고
춤도 춰가며
그렇게 이렇게
살아 가자꾸나

## 이제는 잊어야 할 이름

해지는 해변길 홀로 걸으며
잊어야 할 그 이름
불러봅니다

오지 못할 사람인 줄 알면서도
노을 끝에 꿈틀대는
흔적이 있어

숨소리 하나까지
지우지 못할 거면
한 뼘 공간마저
남기지 말 것을

동행하던 그 흔적 한숨만 섞이고
아우성 끊긴 빈 바다에
쌓이는 상흔

껍데기 그림자로 세월 위를
걸으며 참아둔 설음
바다 위에 뿌립니다

목까지 차오른 그 이름
허공에 부르면서

## 바람의 시간

바람의 날개 위
구름은 떠 도는데

하늘 위 별들을
세기도 전에

어느 님을 찾아서
헤매고 있는지

핀 꽃도 진 꽃도
이슬에 젖을 때

창가에 저 바람
뉘 품에 안기려나

# 산등성이 너머 봄바람

수묵담채화 같은 밤은
영혼까지 유혹하고

첫 닭이 울고
개가 짖더니
양털 같은 미풍의 속삭임이
창가에 매달립니다

곱게 내린 햇살이
한 웅큼 가슴에 안겨
아무도 모르게
봄 하나를 심습니다

까닭도 모르는 기다림 안고
가장 순결한 믿음을 안고
오만한 가슴을 털고 돌아서서
소담스레 마음의 꽃을 피워봅니다

나의 심장을 정리합니다
산등성이 너머 봄바람이 불길래

## 비내리던 여수 오동도

나무에서 한 번 피고
땅에서 또 한 번 핀다는
포구 끝 동백은 빨갛게 뒤척이고

춘풍의 서슬에 우는 파도
수천억 부딪히며 사라지는
절규가 들리면
뒤섞이고 갈라지는
포만의 기억을 터는 섬

길을 물고 날으는 물새들은
물빛 서러움 지우고
아픈 기억 하나 닻을 내리면
수평선 넘는 하늘 바람

어느새 번식한 핼쑥한 시간은
여인의 선혈 같은 동백의 절개를 그리며
여수는 전설을 덮고 밤을 안는다

# 빈 자 리

잊으려 애를 써봐도
보내지 못한 사람
이렇게 비가 내리는 날이면
잠 깨어 흐르는 흔적을 안고

억새풀 저 강에
잡힐 듯 멀어지는 허공엔
새벽 달로 떠 있는 남겨진 사랑

젖은 가슴에 머무는
정을 주고 간 사람
그래
한쪽이라도 기억하면 돼

## 이렇게 살고 싶다

하얀 뭉게구름 머물고
간간히 바람이 쉬어가는
저 나지막한 산 언저리에
예쁜 풀빛으로 집을 짓고
머루 다래 따먹으며
그렇게 살고 싶다

햇빛에 이슬 말리고
산새 소리 재잘대면
툇마루에 걸터앉아
꽃잎 띄운 차 한 잔 놓고
옛이야기 도란도란
시 한 편 쓰며

소란한 속세 소문
바람결에 전해 듣고
앞산 개울에 나뭇잎 띄워
솜털구름 미소를 담아
산새도 벗하고
들꽃도 벗하고

붉은 노을 바라보며
하루가 저물어도
중천에 걸린
계수나무 토끼 한 마리
무엇이 부러울까

제목 : 이렇게 살고 싶다
시낭송 : 박영애

스마트폰으로 QR 코드를 스캔하면
시낭송을 감상할 수 있습니다.

새로이 시작하는

사랑은

세상에서 가장 아름다운 덫

# 소 나 기

밤사이
창이 흔들리고

소리가
전쟁과도 같은
폭음을 터뜨린다

목을 늘어 뺀
스러지는 초록

천길 만길 되는
언덕 위의 개미가
생사를 가름한다

# 희 망 (1)

구름 속에서
별 하나 쏟아 지면
참 고운 시가 되겠네
혼자 마음 비우는 날에

# 희 망 (2)

막을 내리지 않는
무대를 만들고 싶다
하늘 위로 꽃잎 벙그는 날엔

# 희 망 (3)

가슴 열어
상처가 흔들여도
새로이 시작하는
사랑은
세상에서 가장 아름다운 덫

# 그리운 사람

어설프던 젊음
안개 짙던 날에
거두어 간 자리

사랑은
기다림인 것을
그리움인 것을
보고픔인 것을
서러움인 것을

방울방울 맺히는
눈물인 것을

가슴 열면 찢어진
한 조각 웃음인 것을

그래
그렇게 가슴 밑둥에
쌓이는 추억인 거야

사랑은
그저 기억이라고

제목 : 그리운 사람
시낭송 : 박순애
스마트폰으로 QR 코드를 스캔하면
시낭송을 감상할 수 있습니다.

## 사랑이라는 이유로

되돌릴 수 없는
지금에야 알았습니다

아직은 남겨진
눈물이 있기에
가끔은 흔들어 봅니다

감정이 택한 그 길이
비록 아픔의 길이라 해도

몇 번씩 왈칵 눈물 쏟는
그리움의 뜨락에
늘 동행인 사람

때때로 목구멍에 넘치는
좋아했단 말은 하지 못해도

그 사랑 영원히 나의
몫으로 남는다면

그 사랑을 품고 사는
난 행복한 여자이니까요

# 먼 날 에

어수선한 풍경
짧은 계절의
부질없음을 느껴도

흔들거리는 내 겨울 추위는
늘 부산스럽고

꾹 눌러쓴 모자 속에는
삶의 증언 같은 실주름이

제법
어울리는 자리를 잡아

푸름과 분홍의 향기를
기다리는 마음은
시간을 복원하고픈 엉뚱한 생각

아련히 가물거리던
앳되고 서툴던 심장도

풀섶 저 곳에
부끄러운 미소로 남고

만나고 헤어졌던 부대낌 속에
긴 숨결을 토해내면

오래전부터 엮어놓은
보고픔의 밑둥엔

그리고 아득히 먼 날에
빈 가슴 수북하게 채워줄

사랑하는 사람들의
속삭임 그 하나

내 안에 담을 수 있는
단 하나 - 사랑

# 그리움 (1)

겨울 하늘이
뿌옇게 열리고
막 태어난 언어들
넓은 허상의 늪을
헤집을 때
손 안엔 하얀
햇살 한 줌 담깁니다

# 그 리 움 (2)

보고픔 꾹꾹 담고
그리움 엮어서
가슴을 풀어 났더니
밤새
하얀 눈꽃이 내렸습니다

# 그 리 움 (3)

이렇게 찬바람이
이는 날에는
종일 미소를 접어
그대 향해 띄운답니다

# 사 랑 하 자

울어도 좋은 날처럼
서성이지 말고
염려하는 것들을 묻어두자
꽃을 부르듯 나를 부르고

눈물 나게 넘치는
꽃밭을 일구고
마음 남아 있는 것들에
정을 뿌리자

이제 지나버린
한 달치의 시름도 구겨버리고
오늘은 있는 그대로
살아가는 꿈을 꾸자

또 다시 사랑하자

아침해가 뜨고
별이 뜨는 하늘처럼
사랑도 한 끼만큼의 생존인 것을

아득히 솟아오르는
영원한 나의 노래여

# 자 유

덕지덕지 누더기
한 꺼풀씩 던져버리고
바람은
순전히 알몸으로 선 새벽

섧지 않은 가랑잎이
떨어질 술집 지붕 위에
비는 쏟아지는데
의식을 포장하는 어둠의 춤

젖어있는 하늘이 비틀어
빗줄기에 묶여간 거리엔
아픔이 풀어진다
바람이 서늘하다

빗소리 길 지우는 시간
천근의 무게로 왔다가
천근의 무게로 깨어지는
보해미안

제목 : 자유
시낭송 : 박영애
스마트폰으로 QR 코드를 스캔하면
시낭송을 감상할 수 있습니다.

# 내 마음도 구조조정을 할까

곱게 물들이는 바람인가 했더니
잠 못 드는 이야기 치렁치렁 엮어 매고
허기진 내 감정은 강요치도 않는 밤
시계 소리는 귓등으로 떨어지고

창문 틈새로 들락거리는 썩을 바람은
닳고 닳아서 허름해진 어설픈 언어로
애정의 감정을 유폐시키고

가쁜 숨소리로 타박거리는 구월의 밤은
태연하기만 한데
눈은 어디다 두고 마음은 어디다 달아둘까

 내 마음도 구조조정을 해야 할까 보다

# 가을 타는 남자

옛사랑 기다리다
새가 된 가슴

투명한 그리움
붉은 기다림 앉히고

취기의 동공을 잡아보지만
아득히 멀어진 사랑의 그리움

체념과 방황의 선택을 남기고
가을 맞는 아픔이 그런가 봅니다

몸부림 그 잔해의 심연 속에서
남자는 혼자서 울 수도 없나 봅니다

두 눈에 응어리진
인연의 설음 쇠진 흔적을 새기며
저 남자 분명 무엇을 잊은 듯 합니다

이름이며 나이며
멀리서 바람이 희롱하는 소리

가열되는 심장을 안고
하얀 거품에 보고픔을 떨구는

가을은 분명
남자의 계절이 맞나 봅니다

긴 호흡
심장 삭히는 소리

# 한 잔 합시다

남는 것두
가져갈 것두 없는 세월
잡으면 뭣하겠소
잡히지도 않을텐데

아침에 피던 꽃도
밤이면 어둔 속인걸
산다는 것이
백열전구 보다 뜨겁지만

세상구경 이만큼이면
밑질것두 없으려니

무거운 짐 내리면서
꽉 쥐었던 주먹두
조금씩 펴가며
툭툭 털어버리고

웃음도 섞고
설음도 뜨며
노래도 부르면서

한 잔 합시다

장미보다 더 붉게
가슴 태우는 이것
쪼르르 창자를 타고 내려와
이슬도 취하더라

## 갱년기가 왔나봐

울컥울컥 눈물이 난다
쿵광쿵광 가슴이 뛴다

그렇게 눈물바람 한 점씩 삼켜
애써 잡고 있는 하루의 시간
어느새 세월의 무게만큼
숨 고르는 어제와 오늘

피멍진 생채기 한 꽃잎처럼
청춘목에 고운 꽃망울 피우다가
점점 깊어지는 석양길의 고목 모양

간간히 뼈와 살의 시달림의 시간
잠깐 인식의 생각 멈춰 서니
또 다시 화끈화끈
가슴 술렁거림으로 들뜨는 뜨거움이다

분명 몸짓이거늘

# 일주일의 꿈

몇십억의 꿈을
오천원에 걸고
그 만큼이나
뿌듯했던 일주일

몇 채의 집을
짓고 허물며
간이 수면 속에서의
흐뭇한 떨림

에고~
산산이 부서진
내 일주일의 꿈이여!

어김없이 돌아온
내 일상에 서서
허허 _

내일도 일주일치의
즐거움을 살꺼나

친구가 1등 되라고 사줬는데 꽝이네요

# 꽃송이 위로 비가 내리면

구름 머물다
망울진 꽃송이 위로
톡톡 빗방울 맺히면

질펀한 자태
몽울몽울 향기 뿜으며
머뭇거리는 발길 붙잡는
청춘 담긴 꽃바구니

봄비는 뽀얀 낮의 얼굴로
동여맨 가슴 헤집고
불룩불룩 터지는 사랑노래

옷자락에 스며드는
고운 기다림의 미소
꽃송이 위로 비가 내리면
촉촉한 행복의 나룻터

# 어둠이 드리우고

낙조의 그늘이 짙어질 무렵
그림자 따라 바람이 일면

한 나뭇잎

시간의 계곡에서 바람소리
고요의 여운으로 지새울 때

추억의 실마리는
꽃으로 피고

어지러운 창문 밖
바람꽃이 하늘거리면

의식과
무의식의 카테고리 속에는
어제와 오늘이 있고

어둠에서 살아난 듯
발산하는 희열로

초침소리 커져가는
부엉새의 눈은
내일을 또 그 내일을
거기서 기다리고...

# 가을 그림자

당찬 모습을 하며
의젓하게 나섰던
햇살 한 웅큼

구름에 가리어
수척해진 몰골로
담장 아래
웅크리고 앉아 있다

가을은 익어 가는데
바람은 뒹굴어도
곪히지 아니하고

삶을 위한 소리들이
나즈막히 스며들고 있다
누렇게 철드는 가을 그림자

길 잃은 귀뚜리
참아내는 신음 소리

 제목 : 가을 그림자
시낭송 : 박영애
스마트폰으로 QR 코드를 스캔하면
시낭송을 감상할 수 있습니다.

# 코스모스 길가

들녘 바람 머금어다
긴 목을 미소로 하고
가을을 간다

기다림 되어 피던
수줍은 길섶에
차곡차곡히 쌓여

밤새 조울다
흔들리고 흔들려

한들한들
들길이 좋다
하늘가를 맴돌아
가을을 간다

# 가을이 오는 하늘

새들은 석양을 몰고
울음을 토하던 골짜기엔
가을이란 이름으로
구석구석 바닥을 훑습니다

뒤늦게 옥상으로
기어오르는 호박 넝쿨
바람이 귓속말을 전합니다
삶은 이런 것이라고

거꾸로 머리 박고 살면서도
환하게 꽃을 피워내는
호박 줄기 하나

뭉게구름이
아픈 세속 다 받아주느라
발길 붙들어
내가 자꾸 깊어집니다

헐렁한 시간
까실거리는 시 한 편
책상 위에서 목마른
혀의 사연 묻지도 않고

바람이
갈대의 소리로 방을 채우며
가야 하는 길
높고 낮음을 묻습니다

# 바람 불던 날

늦가을 바람에 놀란 산은
우스스 소리를 내지르고
휘감아 어르고 다그치고는

웃다
울다가

나뒹구는 낙엽 모른 체 팽개치고
숲은 새벽이 되어서야 혼곤한
잠에 빠진다

새벽을 보듬고
사랑할 시간들은 아직도 많은데

저 건너
주인 잃은 개 한 마리는
시도 때도 없이 짖어댄다

# 내 삶이 눈물이라도

나도 잊고
너도 잊자

아직은 흐르는 눈물로
서리서리 맺혀 있는
그리움을 기억하지만

능숙한 세월은 피고 또 지고
내 그림자로 깔린
아물거리는 얼굴.얼굴

저녁의 언어들은
허공에 꽃잎처럼 떠 다니고
온몸을 순응하는 숨결이 지나가도

청솔 바람 타고 고이는 눈물
저만치 짝 잃은 외로운
미련 한 줌뿐

그을린 삶
이제는 덮어두자
곱게 피었던
추억으로 달아두자

나도 잊고
나도 잊고

# 선과 악의 공존

삶도
죽음도

그리고

먼 듯
가까운 듯
볼을 타는 이승의 바람

모질게도 질기던
어둠을 허우적거리며
육신의 고통을
힘없이 털어낸다

퍼즐 조각처럼
생존의 그림들을 맞추고
내 삶의 여정을
추측으로 세어가며

어둠의 소리에서
힘겹게 빠져나와
또 한 번의 게임을 이겨내고

터져버린 검은 입술로
허기졌던 긴 숨을
뱃속 가득히 들이킨다

기도 아닌 기도로
간절했던 내 삶의 의미들
암흑 같은 어둠의 잉태가
새벽을 밀고 올 때까지

아~~~
다시 내겐
눈부신 아침을 보듬을
기회가 온다

수술 후유증에 시달리면서

## 창가에 서보니

생각 한 자락 꺼내
사색의 모서리에 돌아가니

계절은 이미
껍질 삭힌 표정

뒹굴기 끝낸 바람은
고비를 넘기느라
아슬거리는 몸살 기운

길들여진 철새들의
목에 걸린 소식에
단풍의 한기는
가을 끝을 헤치고 있고

촘촘한 흰 머리칼 사이로
모양을 꾸미는 갈대의 서걱거림

가을의 알맹이는 익어가고
마른 풀은 바람이 지나가는
흔적을 남기며 간다

# 귀신사의 봄

간절한 합장으로 마음을 비우고
일배하고 엎드려 죄 하나 꿰어
일배하고 엎드려 망염하나 내립니다

염불소리 가슴에 어루더듬어
극락왕생 빌고 빌어 업장을 씻으며
사바의 질긴 인연 번뇌 하나 떨칩니다

천연 고찰 불심으로 적요하게 피는 숨결
허물 하나 산아래 바람으로 날리고
염불마저 녹아드는 왕솔밭의 향내음

골골이 목탁소리 햇살에 졸면
꽃 진 자리 새움 돋는 처마 밑 풍경에
긴 세월 허리 감고 이름 석자 무겁게 지고

뜬구름도 쉬어 가는 귀신사의 봄

---

*김제 귀신사 ( 보물 826호)*
귀신사는 676년 (문무왕 16) 의상대사가 창건하고
고려시대 원명국사가 중건 당시의 명칭은 구순사 였다하네요

113

# 마음 가는 길

양지바른 담 아래
갸름한 하늘 빛

맑고 맑은 바람이 들어
홀로 서 있는 소나무

떠나 보낸 모든 것에
텅 빈 충만에 잠기어
그대로 서 있다

하늘 가리고 덮은 죄
기다리는 시간

숲속 길 하나
바람 가는 길
저녁노을 타오르는
마음 가는 길

국화꽃 뭉게뭉게
가을 걷는 날

# 바람이 부는 거리

차가운 겨울 노을이
슬며시 넘어간 후에
늘 같은 자리에
도심을 지키는 네온싸인은

밤이 지나고 나면
밤새 아무 일도 없었던 것처럼
머언 수평선 위로
햇살의 눈부심이 펼쳐짐을 아는지

어둠 속은 숨어있는
고요함을 느끼게 하고
코끝이 시린 날
기억의 빈 자리엔

고뇌의 한숨보다
가벼이 허물을 벗고
난 서너 장의 시를
노래하며 간직하려나

어느새
익숙한 생각들로
간헐적으로 부는 겨울바람은
흐릿한 별 하나 밀고 갑니다

# 오늘도 꽃은 피고 지고


어쩌면 드러나지 않는
사랑이라는 이름으로
속 살 뒤척이는
은밀한 음으로 조율되어
촘촘히 박힌 야윈 그림자

절반의 사랑과
절반의 세월을 회복하려는
깊숙한 도시의 처마 밑에
둥근 몸짓으로 살랑이는
바람의 수작은

나즈막한 이야기로
귓등을 간지럽히고
비대한 포만의 밤은
마른 침을 꿀꺽거린다

거미줄처럼 엉킨 빈 잠 위에
어쩌다 스스로를 심문하는
버거운 그리움까지
생놀이 끝나지 않은 꽃밭에
멍든 살점들로 서 있어도

순간순간 하늘 빛이 다르고
바다색이 바뀌고
세상의 사랑법이 바뀐다 해도
창 밖은 여전히 꽃이 피고 지고
초록의 잎새는 별빛을 담아낸다

# 시월을 안고

창문 앞
그 문을 열고
거친 삶의 의식이
꼭 같은 모습으로
시월을 안고 있다

가슴을 열어
너덜거리는
조각 웃음을 남겨둔 채

미워하며
사랑하며
그리고
하루가 간다

# 숲 그리고 나

오랫동안 품었던 미련들을 벗기려
몸은 부산스레 움직입니다

이슬처럼 마알간 생각을 피워내고
노을처럼 뜨거운 삶을 꿈꾸며
어느새 마음은 산길을 올라섭니다

풀벌레 울음이 귓전의 음악으로 들리고
생바람 일으키는 유월의 잎새는
고개를 쳐들면서 햇볕에 부딪힌 빛을 텁니다

침묵으로 일관하는 묵직한 바위는 그 아래
흐르는 물 같아야 한다고 무언의 희망을 안길 때

무수히 찢기워진 허망한 시간들을 뒤로 내밀고
구부린 채 명상에 잠기니
잎을 젖히고 나뭇가지 뛰 넘는 새 한 마리

가슴 속 욕망의 찌꺼기 툴툴 털어버리고
촘촘한 나뭇잎 사이로 내려가는 길
가슴이 탁 트이는 환한 나의 세상입니다

하늘과 땅 숲 그리고 나
완벽한 찰나의 순간 살아 있음을 느낍니다

가을은

가을엔 내리지 못한

사람의 마음이 서 있습니다

# 사 랑 은

감추지 못하는 눈물이라도
너로 인해 아픈 기억이 있어도

창을 스치는 바람처럼
홀로 머물다 스러지는 달빛처럼

살다 숨이 막히는 날이 있어도
그렇게 외롭고 그립더라도

사 랑 은

용서하고 보듬어주는
이승에서 가장 아름다운
무지갯빛 이름

# 겨울의 길목

한 낮의 볕을 나무에 걸어두고
땅거미 매달린 모퉁이 돌아서면
바람이 날을 세우고 낙엽이 쓸리는 골목

고구마 솟살 찢기고 몸을 달구는 날엔
옆집 할머니 숨 넘어가는 잔기침 토하며
이음새로 연결된 겨울 초저녁

휘익 휘어져 왔다가는 바람의 말
아직도 숨어있는 꼬리 달린 여우의 동화
쌍다리 아래서 주워 온 서럽던 이야기

눈동자 속바람이 주름살 사이로 차갑게 스칠 때
이승의 가지 끝엔 어제가 오늘이고
오늘이 또 내일이다
그렇게 스쳐가는 세월인 것을

# 골목 길

저 건너
겨울 그림자 길어진 모퉁이

우두커니 헛걸음 하는 그리움

코트 깃에 싸늘하게
달라붙는 바람은

어느 날 보았던
야윈 옛이야기

바랜 언어 하나 삼키며
애써 허탈한 웃음만 웃는다

그리고
그리고 서리 먹은 골목길

# 첫눈이 내린다

허식이 없다
이따금 바람이 하늘을 헤집지만
하얗게 쏟아지는 첫 눈송이를 받으며
환한 웃음으로 다가오는 얼굴.얼굴들

바람결에 흔들리는 침묵 속 밀어
아슬히 더듬어 보는 환했던 희열들이
이제는 하얗게 퇴색되어 웃고 간 자리

그래. 그렇게 쌓이는 거다
서러운 발자국 오고 간 자리
그렇게 지우며 쌓이는 거다

아릿하게 젖는 가슴으로 허공 돌다가
스르르 떨어져 널브러진
사랑의 언어도 주워보는 날

## 하늘엔 눈꽃 마음엔 그리움


휑하니 불던 바람은
다시 눈송이를 뿌리고
아우성 이어진 하얀 하늘길에
잠시 옛 고향의 소리가 들립니다

어눌한 눈동자 굴리며
하얗게 김 서린 창에
썼다가 지우고
지웠다가 쓰는 이름들

매서운 겨울밤
등불처럼 뒹굴 때
돌아서니 끊기지 않은 기억들은
멀어진 아픔까지 성을 짓습니다

내 안에서 뒹구는
사랑. 이별. 그리움
흰 넋으로 피어 바람처럼
흐드러졌다 쌓이는 여운

난 어디쯤에서 행복을 찍을까

내일까지 예고하는
폭설의 예보는
가슴 시린 겨울밤

## 낮잠의 행복

풋내 나는 들꽃 하나
창 밖에 내 놓고

허물 같은 상념
뒤 뜰에 걸고 두고

곤한 봄볕 졸음에
바람에 끌린 옷자락

코 끝에 수선화
간간히 향기 흘리면

살아 있음에 누리는
행복이려니

높은 깃털로 날으는 헛 꿈

# 창 너머 가을은

사뿐히 스쳐가는
조심스런 바람에
호젓한 눈동자
봄날이 그리울 때

잎잎이 꽃잎 되어
별꽃이 내리고
가슴에 남은 흉터
가려워지면

술잔이 뱅뱅 돌고
머릿속 시 한 편 빙그르르
나뭇잎에 얹혀지는
고운 바람은

어느 님을 찾아오는
애틋한 소리인가
논쟁도 대립도 없는
가슴을 오르는 센티멘털

# 안개비 내리는 날

감성도
지성도
풀지 못할 그리움이다

거꾸로 누워도
돌고 있는 피는
사람이 보고픈 날이다

감추지 못하는
어둠의 화신 같은
외로움이 자라는 날이다

꽃은 그냥 꽃이고
난 그냥 나일뿐

버려도 좋을
생명 하나 더 있다면
차라리
백치의 웃음을 닮아 보련만

# 언 젠 가 는

때로는 만남에 익숙해지고
더러는 헤어짐에 익숙해져도
가슴 속에서 몇 번의
격정을 누르고 나면

비단결처럼 고운
보드라운 연록의 세상 속

어느 날
흐르고 흘러서 사라지는 것들
기억될 것 하나 없어도
모순된 현실의 아픔이 있다 하여도

별이 지고 달이 지고
일렁이는 시간마다
감회가 걸려있고
시시각각 진행되는 나의 봄도
세월과 사람들과 함께 부대끼며

울다. 웃다
언젠가는
그 흔적마저 아련히 미소 머금을
사랑으로 남아있겠죠

빈 창에 바람이 부네요

# 꽃잎이 떨어지다

무수한 바람을 일으키며
잊혀져가는 아쉬움

아득히 먼 길 걸어와
열린 창으로 향기 던진 채

눈물빛 고운 아름다움을 주고
눈앞에서 깨어지는 환상

버리기 위해서 나무는
잎들을 매달았을까

죄마저 사랑하고 싶던 봄날
몰래 주워서 다시 멈춰버릴
봄날의 추억을 만들면

툭툭 터지는 시간의 기억
또 다시
그리워 접어야 할 세상이네

# 첫 사 랑

하늘은 별 박힌 하늘로 오르고
거꾸로 자빠지는 바람떼 저 너머

밤꽃향 솔솔 스며듭니다

닫아 놓았던 젊은 시절
가만히 성을 두드리니
화려함으로 채웠던 어여쁜 윤곽

방긋한 첫사랑의 웃음이 여울칩니다
꽃도 날 위해 피었다던 신비의 세월

가두어 놓았던 가슴 그 먼 아래엔
이제는 발갛게 타버린 옛 내음

애절한 미완의 사랑으로
어느새 망각의 시간입니다

추억의 작은 모퉁이에 표류하고 있는
한때의 무지개 꿈이었네요

세 월 아!

# 가을은

가을은
마음과 피부로 이어지고
빛과 하늘이 어우러지고

시간과 공간을 보고 듣지 않아도
햇살이 벌판에 온전하게 다 하는 것

바람이 나무에 **빨간** 사랑을 하고
별이 달에게 밤마다 먹이를 주는 것

가을은
가을엔 내리지 못한
사람의 마음이 서 있습니다

# 낙엽 가는 길

뒹굴고
찢기고
왜 아니 아팠을까

무서리 내린 밤
핏빛으로 멍들고

옛적은 푸른 날
그대로인데

바람의 아우성은
해 넘는 가쁜 숨소리

열리고
닫히고
흙으로 가는 길

## 숲길을 걸으며

파란 하늘을 보고
햇살이 뒹구는 이슬에 취해

호젓한 기쁜 날의 숲길
하염없이 걷다가 어느새 파고든
오늘 내 여유가 참 고맙다

소박한 바램을 나뭇잎에 걸쳐놓고
도시의 부대낌이 아닌
혼자만의 공간이여 참 좋다

누군가 말했듯이
가장 낮은 삶의 가치로
뭐든 순종의 자세로 살고 싶다고

피부에 스치는 바람도 좋다
오늘도 잘 살고 있구나

## 사 랑 그 것


풀잎에 맺힌 이슬처럼
하늘을 비집고 나온 구름처럼

꽃잎에 앉은 나비처럼
어두운 밤 빛나는 별빛처럼

주는 사람
받는 사람
씨방 속에서 하나가 되는 것

# 봄 때문에

봄이라 하길래
가슴앓이 달콤한 언어로
가두어 놓고 길들이는 사이

세월은 약이 아닌
한숨으로 남기고
뼈 삭는 소리 못 들은 척 해도

바람 한 줄기
봄 때문에
떠나는 봄 때문에
신열이 나고 내가 아픕니다

## 꽃이 피어 좋더라

4월은
4월엔
향기가 있어 좋더라

4월엔
알토란 같은
꿈이 있어 좋더라

4월은
나비와 벌들이
너울너울
춤을 추어 좋더라

4월엔
지난 겨울의 기억이
꽃송이마다 올올이
새겨져 있어 좋더라

4월은
햇볕과 초록의
신선한 무늬로
얽혀서 좋더라

4월엔
달콤한 사랑 시가
내려서 좋더라

4월은
4월은
행복한 웃음이
있어서 좋더라

# 어떤 날의 공상

쥐어지지 않는 껍질뿐인 생각으로
아침 햇살에 증발하는 이슬을 따라

저 아래 깊은 골에서
세포의 비밀을 캐내며
온전히 머물지 못하는 바람처럼
시간의 흔적은 심장까지 차오르고

황홀한 자태로 뜨겁게 자리하던
이 계절의 마지막을 알려오면

퍼득이던 나만의 날개는
달짝지근한 몽상의 언어에 섞여

책상 위엔 인생의 쾌락과
무더기로 목을 늘어 뺀
불투명한 사랑

이별. 꿈. 도약의 낱말들이
어지럽게 널리고
방심하는 순간 계절은 내 심장에
한 쌍의 학으로 수를 놓으며

달빛도 꺼버린 어둠은
꾸벅꾸벅 버티다가
자꾸 돌아보는 사라짐의 원리

가끔은 밤이 낯설고
그 사이로 어둠이 짙으면
또 다시 이별할 여명에 머무른다

# 이 밤이 지나고 나면

태고로 가는 상념을 끌고
아직도 풀지 못한 밀어들이
거추장스러운 옷을 걸치지 않은
어휘들과 마음 터놓은 자리

자유로운 하늘의 어제와 오늘
산등성이 울림으로 닿는 도심의 소리
초침 소리에 커져가는 부엉이 눈으로
밤은 그렇게 여운을 남기며

두껍게 엄습하며 허공에 부각 되는
시계 소리는 위태로운
내일의 계단으로 유혹하고

별빛이 꿈을 꾸고
달빛이 새어 들고
바람에 흔들리는 회상의 날개는

황홀한 꿈길을 더듬는 보람의 언어로
가슴에 일렁이는 빛나는 대화
막혔던 가슴앓이도 새로 쓰는 역사처럼
길 트이는 햇살처럼 세상의 질서는
그렇게 오늘도 익숙해 진다

# 내 마음

늘 함께 하던
고독의 순간들을
곁에 앉혀놓고

어쩔 수 없는
혼자만의 시간과
거부할 수 없는
생각들이 다가와

침묵 속에서
날마다 나누는
일상의 언어들과

또 그렇게
감정의 작동이
흐느적거리면

창 밖엔 한 줄기
바람이 자유롭다
내 안의 나도
바람이려나

## 그 옛날에

나
시집와서
뒷산 뻐꾸기 목 쉰 소리로 울면
나도 따라 울었지

그 산울림
큰딸 보내던 울 엄마
가슴앓이었던 것을

땅거미 내리면 두고 온
그 곳 인연끈 놓지 못하고
그렇게 또 울었어

뜨락에 별빛이 머물면
낯선 풍경 걸어두고
꿈길마다 그리운 고향을 찾아

대롱대롱한 몸짓으로
아둥바둥 저 산 너머
대관령을 넘었지

나
시집와서
바람 한 자락에도 보고파 울던
내 어머니 살 냄새

이제는 하얗게 바래가는
내 청춘 세워둔 곳
묵언 수행하는 수도승 되어
그림 한 점 걸어두었네

# 산 마 을

떠나는 꽃구름
산그늘에 꺾이고

하루해 길어
두견새 울면

그리워 임 그리는
사모의 정에

연연히 저린 사연
흐느끼는 산마을

달빛 내린 정적에
둥지를 틀면

솔바람 타는
사랑 한 소절

# 감 기

아직
덜 풀린 어둠을
길 아래 깔아놓고
눈은 밖으로 길 트는 새벽

목구멍은
벌겋게 높아지고
때묻은 줄기인 양
썰렁한 아침 바람은
신열을 낮추지도 못한 채

안개마저 깊이 돌다
사라진 저 너머에
암탉이 하루를 세는
긴 호흡으로 울면

반쯤 접혀진 미소로
익어가는 시간 앞에
마음도 어김없이 따라간다
생의 한 조각을 엮기 위해서

# 어 머 니

태몽을 꾸고
탯줄을 자르고

진자리 허덕이시며
형체도 없는 사슬에 묶이어
앳되고 고왔던 날들을 태우며
주름으로 때우던 속울음
미처 몰랐습니다

허망한 냉기에 휘어진 허리
시리던 세월이 묻어 있음도
헤아리지 못했습니다

이제는 가다가 힘겨운
걸음인가요

철따라 꽃은 피고 지고
　　　꽃이 지고 피어도
야윈 당신의 숨소리는
이제야 아련한 사연으로
들려옵니다

어 머 니!

시리던 빈 하늘에
고향 지키던 그 달이 뜨면
못다 한 이야기 꿈틀대는 흔적들은
보고픔이 머무는 당신 가슴으로
가고 있습니다

어 머 니!

아직도 철없던 울타리 속
거미줄 같은 그리움 달고
빈 그림자로 허공을 걸어
당신을 찾아갑니다.

당신이라고 까마득한 기억 속
아린 얼굴이 없었을까요
불러도 옛사랑으로 올 순 없지만
모녀의 기억은 지우지 마세요

엄마! 다시 봄바람이 불고
꽃씨들 실눈 뜨는 모습들이
보이네요

저 너머에 널브러진
햇살 한 줌 주워다 보내오리까
분홍빛 꽃바람을 날리오리까

아직도 식솔 기다리는
어머니의 손짓이 보입니다

어 머 니!

제목 : 어머니
시낭송 : 박순애
스마트폰으로 QR 코드를 스캔하면
시낭송을 감상할 수 있습니다.

## 하루의 끝에

온화한 바람에 노을 풀면
미처 헤어나지 못한
서너 가닥 생놀이
이미 꽃이 진 자리엔
짙게 익어가는 녹색의 향내
줄곧 따르던 시선 멈추어
절반쯤 외면하고 나면
아래로 기던 바람 이마에 얹히고
정해진 길이를 풀어
아무도 듣지 않는 걱정으로
끌고 온 낮달 스치는 구름 몇 점
돌아서면 흔적없이
쓰러지는 시침은 돌고
비릿한 도심의 거리엔
술 취한 갈지자걸음

# 하 루


빈 도화지 같은
아침을 열어놓고 간밤
끙끙 앓던 백여덟의
번뇌를 사르고 나면

터진 구름 사이로
풋 봄 번지는 남풍
빛을 머금은 금빛전류

한 짐 인정에
내 세월 더하기 하루
살내음 어우러지는 하루

내가 딛고 가는 디딤돌

# 걱정스러워

새벽 창을 여는 바람이
으시시한 흙먼지로 날아
가녀린 꽃대를 흔들어 놓고

어설픈 구름을 몰아다가
엉거주춤

질리지 않던 풀내음
헤집고 덮으면
허기진 바람은 땅속으로
기어들어

담장 밑에 웅크린
죄 같은 그림자
파르르 번뇌 하나
걱정스러워

# 그 림 자

사라졌나요?

낯설지 않은 풍경으로
성큼 멀어진 오후 내내

잠시
아침이 올 때까지
덮어 두었다가

그렇게 또
오실 건가요?

서두르는 초저녁
현란한 불빛
어둠 머문 자리

## 덧없는 사랑

저 산허리 감는 구름처럼
찻잔 속에 보고픔이 담깁니다

사랑했던 날들을 체념하지 못하고
두 눈 속에 이슬로 흔들립니다

덧없는 사랑 초연해질 수 없는
나약함으로 또 그립습니다

텅 빈 가슴 채울 것은 사랑이기에
돌아보니 저 앞산보다
더 튼 외로움이 자라납니다

차라리 눈을 감고
입을 꼭 다문 채
속울음 바람에 날렸습니다

## 풍경 하나

산새가 노래하다
산자락 굽어 돌면
한낮의 언어들
창밖에 내리고

개 짖는 소리 멀어진
정적 내린 뜨락엔
찢긴 그리움 범벅되어
밤으로 간다

생의 사연 엮어서
침묵 속으로
침묵 속으로

# 미 련

환락의 추억을
비스듬히 걸어놓고
꽃 피고 새 울던
봄날의 기억은
안개꽃으로 피어나는
나즈막한 이야기

내 그림자만 밟다
쓰러지는 정에
소리 없이 불러내는
뜨거운 미련

호흡을 가다듬는
날 선 어둠은
입 밖으로 새는
헐값의 인연

신경이 절단된 참았던 울음
그리고
그리고
천 근의 그리움

# 봄날이 저문다

하늘 한 아름
부지런한 봄날이

청솔 바람 타고
달빛 속에 숨어들면

꽃잎 벙글어
숫자로 찍힌 산빛

늦은 저녁 옆집에선
구수한 쑥국 향

쉬어가다 끌려가는
봄날이 저물고

쑥국새 쑥국
구름에 덮히면

풀밭에 누운 순결한 바람
어스름 별밤 봄날이 간다

시를 쓰는 순간이 가장

행복함을 느끼기에

능숙한 세월 앞에 설익은

풋열매 하나 조심스럽고

수줍게 길 위로 내놓습니다.

# 꽃송이 위로 비가 내리면

### 주명옥 시집

초판 1쇄 : 2018년 6월 12일

지 은 이 : 주명옥

펴 낸 이 : 김락호

디자인 편집 : 이은희

기 획 : 시사랑음악사랑

인 쇄 : 청룡

연 락 처 : 1899-1341

홈페이지 주소 : www.poemmusic.net

E-Mail : poemarts@hanmail.net

정가 : 10,000원

ISBN : 979-11-6284-019-1